親愛的鼠迷朋友，
歡迎來到老鼠世界！

謝利連摩・史提頓

Geronimo Stilton

GERONIMO STILTON

謝利連摩・史提頓

菲
(謝利連摩的妹妹)

老鼠記者 82

乳酪珍寶失竊案

LO STRANO CASO DEL LADRO DI CROSTE

作　　者：Geronimo Stilton　謝利連摩·史提頓
譯　　者：顧志翔
責任編輯：胡頌茵
中文版封面設計：陳雅琳
中文版美術設計：羅益珠　劉蔚
出　　版：新雅文化事業有限公司
　　　　　香港英皇道499號北角工業大廈18樓
　　　　　電話：(852) 2138 7998
　　　　　傳真：(852) 2597 4003
　　　　　網址：http://www.sunya.com.hk
　　　　　電郵：marketing@sunya.com.hk
發　　行：香港聯合書刊物流有限公司
　　　　　香港新界大埔汀麗路36號中華商務印刷大廈3字樓
　　　　　電話：(852) 2150 2100　　傳真：(852) 2407 3062
　　　　　電郵：info@suplogistics.com.hk
印　　刷：C & C Offset Printing CO., Ltd.
　　　　　香港新界大埔汀麗路36號
版　　次：二〇一六年九月初版
　　　　　二〇一八年十一月第三次印刷

版權所有 • 不准翻印
全球中文版版權由Edizioni Piemme 授予

http://www.geronimostilton.com
Based on an original idea by Elisabetta Dami.
Art Director: Iacopo Bruno
Cover by Roberto Ronchi and Christian Aliprandi
Graphic Designer: Andrea Cavallini / theWorldofDOT (Adapted by Sun Ya Publications (HK) Ltd.)
Illustrations of initial and end auxiliary pages: Roberto Ronchi, Ennio Bufi MAD5, Studio Parlapà and Andrea Cavallini |
Map: Andrea Da Rold and Andrea Cavallini
Story illustrations: Andrea Denegri, Daria Cerchi, Elena Tomasutti and Davide Turotti
Artistic Coordination: Roberta Bianchi
Artistic Assistant: Lara Martinelli and Tommaso Valsecchi
Graphics: Michela Battaglin, Marta Lorini and Chiara Cebraro

Geronimo Stilton names, characters and related indicia are copyright, trademark and exclusive license of Atlantyca S.p.A.
The moral right of the author has been asserted.
All Rights Reserved.
No part of this book may be stored, reproduced or transmitted in any form or by any means, electronic or mechanical,
including photocopying, recording, or by any information storage and retrieval system, without written permission from
the copyright holder.
For information address Atlantyca S.p.A., Italy-Via Leopardi 8, 20123 Milan, foreignrights@atlantyca.it
www.atlantyca.it
Stilton is the name of a famous English cheese. It is a registered trademark of the Stilton Cheese Makers' Association.
For more information go to www.stiltoncheese.com
ISBN: 978-962-08-6641-8
© 2012, 2015-Edizioni Piemme S.p.A. Palazzo Mondadori, Via Mondadori, 1- 20090 Segrate, Italy
International Rights © Atlantyca S.p.A. Italy
Traditional Chinese Edition © 2016 Sun Ya Publications (HK) Ltd.
18/F, North Point Industrial Building, 499 King's Road, Hong Kong
Published and printed in Hong Kong.

老鼠記者 Geronimo Stilton

乳酪珍寶失竊案

謝利連摩・史提頓
Geronimo Stilton

新雅文化事業有限公司
www.sunya.com.hk

目錄

郵輪上的失竊案

史奎克 · 愛管閒事鼠

「史奎克偵探社」的創辦者，
謝利連摩的朋友

雪莉

「乳酪收藏家展覽會」的保安員

蘭希德 · 收藏鼠

十八世紀乳酪的愛好收藏家

弗洛麗塔 · 穆菲利斯

舉辦「乳酪收藏家展覽會」
的創辦鼠

送給史提頓先生……

　　時值春天，在一個陽光明媚的周六下午裏，我在家裏打掃玻璃展示櫃上的灰塵，要知道這裏面可放着我珍貴的十八世紀**乳酪**收藏品。啊，對了，我還沒有自我介紹呢，我叫史提頓，*謝利連摩·史提頓*，我是老鼠島上最著名的報紙《**鼠民公報**》的主編。

當我正忙於打掃的時候，**門鈴響了**，我打開大門，只見到一個黃色的防盜桶出現在我的面前，在桶蓋的上方貼了一張字條，上面寫着「**防盜桶**」幾個字。**真奇怪！**我可沒有買過什麼防盜桶。我好奇地碰了碰它，沒想到它居然動了兩下，然後它藉助底部的滾輪，自行滑進了我的家裏。**真是非常奇怪呢！**

我關上大門，跟着這個東西來到客廳。

但是，這個防盜桶竟然徑自繼續向前滑動，並沒有停下，**真是非常非常奇怪！**

於是，我只得隨着它滿屋子轉圈，它先撞倒了幾把椅子，然後撞翻了一個**陶瓷**花瓶，最後只見它滾向我那幾個放着珍貴乳酪的玻璃展示櫃……我努力**向前**一躍撲向它，想阻止它那滑動之勢，防止它們撞上。但是，當我剛碰到防盜桶的時候，忽然聽見一陣急促的警報聲響了起來：

「嗚哇哇哇！！！！」

防盜桶

想要解除警報的話，請從縫隙裏塞兩至三片（最好是三片）香蕉味乳酪進來！

以一千塊莫澤雷勒乳酪的名義發誓！我竟然無意間觸發了防盜警報響起！我嚇得急忙尋找解除警報裝置的開關……正在此時，防盜桶的縫隙裏竟吐出了一張紙，上面寫着：「想要解除警報的話，請從縫隙裏塞兩至三片（最好是三片）香蕉味乳酪進來！」

我鬆了一口氣，終於明白了……

「*你趕快給我出來！*」我説。

只見那桶蓋微微抬起了一點，從裏面慢慢地冒出了一個我再熟悉不過的鼻子……

防盜桶

「*嘻嘻，謝利連摩我的小老弟！*你喜歡這個小小的玩笑嗎？」

乳酪收藏家展覽會

其實，這個根本不是什麼「防盜桶」！他終於露出原形，桶裏面藏着的，就是史奎克·愛管閒事鼠！史奎克是一名偵探，經營着一家偵查社。他是我從幼兒園一直到大學的同班**老同學**，雖然我永遠無法認同他開玩笑的方式⋯⋯

「你怎麼會想到這個**主意**的？」我問道。

「我知道今天你會在老鼠島的***Ra.Co. Cr.I.d.T***──乳酪收藏家展覽會上展示你的乳酪收藏品，於是我想你或許會需要一個防盜桶來阻止那些**小偷**！」

誠意邀請閣下參加第一屆老鼠島乳酪收藏家展覽會，此活動將於妙鼠城的展覽大廈舉行，如您有意參加，請致電001 234567與我們聯絡。

「以一千塊莫澤雷勒乳酪的名義發誓！」我驚呼起來，「**乳酪收藏家展覽會**……我竟然把這事忘記了！」

起初，我收到請束的時候，還在猶豫是否要參加。但是，當我聽説城內最著名的乳酪收藏家**蘭希德·收藏鼠**也會參加這個展覽的時候，我就立刻跟主辦單位確認參加！出於安全的考慮，大會安排了為每一個收藏家準備一輛**防彈車**來運送收藏品。

我看了看手錶：*已經10點10分*了！我急忙呼叫道：「大會的車再過10分鐘就到了！我得抓緊時間了！」

正在此時，門鈴又響了起來！

兩個助手加一個助手

　　我趕忙應門去，看見站在我家**門前**的，是我的小姪子班哲文和他的**好朋友**潘朵拉·華之鼠。

　　「你好，啫喱叔叔！展覽會的準備工作已經完成了嗎？」班哲文興奮地撲向我說。

　　「你好，班哲文……嗯……我想已經差不多了！」

　　「您好，史奎克先生！您也一起去參加展覽會嗎？」潘朵拉問。

　　史奎克一邊剝開一根**香蕉**一邊回答說：「不是，我在想，如果謝利連摩要獨力完成所有籌備工作的話可能

你好，啫喱叔叔！

會遇上困難，也許他需要我的幫助，所以……
我就來這裏了！」

「嘿！我可沒有你說得那麼**笨手笨腳**！」

「你需要**幫忙**嗎，叔叔？」班哲文問。

「我們來幫你整理**乳酪**吧！」潘朵拉大
聲說。

「好吧，既然你們這樣說的話……」我答
應道。

「我們來幫你**打掃灰塵**吧！」

「好吧，這樣也好……」

「如果我們看到這裏附近有**可疑**的老
鼠，就會馬上通知你！」

「**好吧，好吧！**」我最後經不住他們的糾
纏，說道：「你們三個就跟我一起去參加展覽
會吧！」

這時，從馬路上傳來了汽車**喇叭**的響按
聲——**砰**。

史提頓先生是您嗎？

潘朵拉望向窗外，然後通知大家說：「外面停着一輛黑色的**輕型貨車**，還有一位穿着**黑色**制服的小姐……」

我打開家門，看見一位身穿黑色制服，戴着粉紅色太陽眼鏡，擁有一頭**金色**長髮的美女鼠向我微笑着說：「請問您是史提頓先生嗎？」

「是的，我就是。」

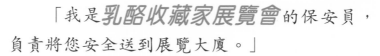

「我是**乳酪收藏家展覽會**的保安員，負責將您安全送到展覽大廈。」

「我已經準備好了，請等我一分鐘！」我不假思索地回答說。我迅速把需要的東西全部塞進車裏，然後紳士的**親吻了一下她的手爪**，並向她介紹了我的朋友們。

「我的名字叫**雪莉**，」她回答說，「現在請你們上車吧，記得抓緊扶手！」在車上，我坐在駕駛座旁邊的位置，就在雪莉小姐的身邊。

但她身上散發出的香水味把我薰得頭暈轉向！而其他鼠則坐在後排的座位上。當大家甫坐上車，她就馬上發動汽車，車子如同離弦之箭一般馳騁起來。

以一千塊莫澤雷勒乳酪的名義發誓！我心裏害怕得要命，但是卻不敢告訴她，我可不想給她留下一個膽小鬼的印象⋯⋯

「嘿，謝利連摩我的小老弟！」史奎克臉色蒼白地說，「你可以對這位小姐說，請她稍微開慢一點嗎？我已經害怕得快要死了！」

「我也覺得有點頭暈啊！」我看見班哲文也臉色發青了。

車上唯一一個為此感到興奮的是潘朵拉：「哇！我們就像在坐過山車一樣呀！」

雪莉突然一個急剎車，說：「**我們到達了！**」

我們這才發現車子停在妙鼠城的展覽大廈門口，「現在你們可以下車了。」

這時，潘朵拉注意到這位剛才一路風馳電掣的女駕駛員，她那襯衫袖口上有一顆**奇怪**的東西。

我們到達了！

線索1：

到底潘朵拉看到什麼奇怪的東西呢？

「17」會帶來厄運嗎？

　　我們下車後，就馬上進入展覽大廈，來到展覽會場的大廳裏。

　　我們**跟着**雪莉穿過大廳，沿路看到有許多來自老鼠島各地的收藏家，已經開始陸續在各自的展覽攤位裏陳列珍貴的乳酪收藏品了。

我們有幸看到來自不同歷史時期的**乳酪**，有**史前**的，有*貓鼠大戰時期*的，也有鼠破崙戰役時期的……

　　最後，雪莉就在**17號展覽攤位**前停下了腳步，並說：「這裏就是您的展覽攤位了，史提頓先生。希望您不是一位特別迷信的鼠吧，**祝您好運！**」

　　說罷，她甩了甩頭髮離開了。**她真是個有魅力的美女鼠啊！**

　　「別再在這裏胡思亂想，被她迷惑了，史提頓！」史奎克一邊吃着香蕉，一邊說，『**17**』這個數字會帶來厄運的，我們得想辦法換個展覽攤位……」

　　「我可不相信這些沒有根據的說法……」我的話還沒説完，便一腳踩在史奎克剛剛扔在

地上的香蕉皮，重重地摔了一跤。

　　「哈哈哈！你看，謝利連摩我的小老弟，我說得沒錯吧？」史奎克幸災樂禍地說着，在旁邊的班哲文和潘朵拉馬上前來幫忙把我扶起來，「看來今天你不太幸運呢！！」

世間獨一無二的乳酪

「您有沒有**摔傷**？史提頓先生。」一把聲音從我的身後傳來，關切地問道。

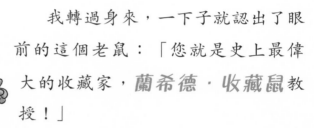

我轉過身來，一下子就認出了眼前的這個老鼠：「您就是史上最偉大的收藏家，*蘭希德‧收藏鼠*教授！」

「是的，我就是，史提頓先生，我感到很**榮幸**能夠和你做鄰居呢！我的展覽攤位正好在**18號**！」

接着，他又說道：「請跟我來，我給你看一件世上獨一無二的東西！」

收藏鼠先生走近一個蓋着布的玻璃櫃，

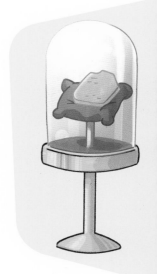

掀開蓋布，亮起，然後一塊閃着光的乳酪呈現在我們的面前。

「難道這就是……」我一下子認出了它，驚呼道：「傳說中十八世紀最著名的乳酪大師——詹姆士·味王鼠紳士所做的乳酪系列中僅存的那一塊！」

「沒錯，史提頓先生！你是一位真正的乳酪專家。」收藏鼠欣喜地説。

在我身邊的史奎克·愛管閒事鼠，仔細端詳着玻璃櫃問：「可是，您把如此珍貴的一塊乳酪放在脆弱的玻璃櫃裏展覽……您不覺得有點冒險，難道您不怕失竊嗎？」

這時，一把聲音從我們的身後傳來：「哪有冒險？我們的保安防盜系統可是非常可靠的！」

超級防盜系統

剛才搭話的，是一個長了一頭**金色長髮**，戴着深色太陽眼鏡，穿着西裝套裝的女老鼠。

「我叫弗洛麗塔·穆菲利斯，是這次展覽會的創辦鼠。」

我出於禮貌，非常*紳士的*親吻了一下她的手爪：「我的名字叫史提……」

我的名字叫史提……

　　但是，她並沒有讓我把話說完：「史提頓先生，當然！我們一直都在等你……你和收藏鼠先生都是我們這次的名譽嘉賓。我們考慮到你們展品的**珍貴程度**，特地為你們準備了一套非常高科技的防盜系統。」

　　說着，她**走到**收藏鼠的玻璃櫃前，裝上一個上面有九個**按鍵**的小裝置。

　　然後，她解釋說：「這個系統的使用方法很簡單，你們需要……

　　1. 選擇5個不同的數字作為密碼；

　　2. 記住這個密碼；

　　3. 按照順序輸入密碼：如果按錯數字組合的話，就會立刻觸發**警報**！」

　　「那如果有鼠盜取了密碼呢？」班哲文問道。

弗洛麗塔笑着說：「這個數字鍵盤能夠記錄下你們的**指紋**，如果有其他鼠想要輸入你們的密碼的話，就會觸發防盜系統，同時玻璃櫃會被鎖死。」

「**實在太神奇了！**」收藏鼠讚歎道。

「我可以馬上輸入我的密碼了嗎？」

「請讓我先清理一下鍵盤，使用之前必須確保上面沒有其他鼠的指紋。」

說完，她拿起一個瓶子，在鍵盤上**噴**了一些液體，同時在教授輸入**5位數**密碼的時候請我們轉頭迴避。

之後所有鼠來到了我的展覽攤位，弗洛麗塔重複了相同的步驟。同樣，在我輸入**密碼**的時候，大家都轉過身去。

最後，她和我們道別之後，便匆匆離開了。

但是，看着班哲文和潘朵拉的表情，卻讓我感覺到似乎有什麼地方不對勁。

「啫喱叔叔，你會用這種方法去**清潔**一個密碼鍵盤嗎？」

「而且，你會在這樣的室內場館裏戴**太陽眼鏡**嗎？」班哲文問我。

「你們想表達什麼……而且，這是一個高科技的防盜系統。」我回答道。

嗯！

線索2：

你認為潘朵拉和班哲文為什麼會起疑心呢？

一場小事故

「孩子們說得沒錯，謝利連摩，我感覺那個老鼠就是一個大騙子！」

「可是，她是這次乳酪收藏家展覽會的創辦鼠啊……」我強調說。

「也許吧，不過最好我還是去附近轉一圈看看！」說完，他一溜煙地跑到展覽攤位間的通道去。

而班哲文和潘朵拉則留下來幫助我一起陳列玻璃櫃裏的乳酪。

當一切準備就緒之後，我鎖上櫃子，在鍵盤上小心翼翼地輸入了密碼。

然後，我對孩子們說：「現

在我們也去附近**轉一圈**看看！」

　　說實話，這個展覽會真的讓鼠目不暇給，我們隨處可見一些獨一無二的乳酪收藏品，比如**非常罕見**的史前乳酪化石。當我們走近收藏鼠的展覽攤位時，只聽到我的身後傳來了一把聲音：「*咕咕！* 我有一些小發現了！」

　　我轉過頭來，卻沒有見到**任何鼠！**

　　我重新回頭端詳味王鼠所做的那塊乳酪，卻又再次聽到了那個聲音：「*咕咕咕！* 我有一些小發現了！」

　　我再次轉過頭來，仍然連個鼠影**都沒有！**

　　這時，不知從什麼地方突然鑽出了一個鼠衝着我叫道：「*咕咕咕咕咕！* 我有一些小發現了！」

　　原來是史奎克·愛管閒事鼠！

　　「想知道我發現了什麼嗎？」

「你發現了什麼？」我問道，「為什麼你戴着這雙**黃色手套**？」

「問題就在這裏，謝利連摩！我看到那位創辦鼠戴着手套按那防盜系統小鍵盤了⋯⋯你猜猜發生了什麼？」

「**警報**並沒有被觸發！你看！」他説。

然後，他伸出手爪準備去按鍵盤。

「不要呀呀呀~！！」

我立刻去阻止他，但是卻不小心碰到了鍵盤，觸發了警報：

只有幾秒鐘的時間，我就被一羣保安員圍住了，引來十來個好奇的羣眾對我指指點點，彷彿在說我就是小偷！以一千塊莫澤雷勒乳酪的名義發誓！這下可麻煩了！

　　弗洛麗塔‧穆菲利斯很快就趕過來了，並且讓所有圍觀的鼠散開：「先生們，只是一場意外。」

　　然後，她轉身來對我說：「您看到了吧，史提頓先生？這個展覽會沒有任何發生盜竊的可能性！為了安全起見，現在我重新清潔一下鍵盤。」說完，她仍然用之前示範所用的噴霧噴在按鍵上，這時我也注意到她的手爪上戴着一雙黑色的**手套**，而潘朵拉還注意到一些東西。

線索3：

**你認為潘朵拉注意
到什麼東西？**

黏黏的手爪

　　我正準備問潘朵拉看到什麼的時候，**收藏鼠**先生走了過來。

　　「史提頓先生，對於剛才發生的事情我感到非常抱歉！」

　　「**我很感謝您的理解！**」我回答說，「我以為您也會懷疑我……」

　　「這是絕對不可能的，」他說，「我怎麼能懷疑像你這樣的一位**紳士鼠**呢！不如我們一起去吃點東西吧，你認為好嗎？」

　　這時，史奎克的鼻子從一根柱子後面伸了出來問：

「吃東西？你是説一起吃東西嗎？嗯嗯嗯嗯！」

我可不想再在教授面前丟臉，於是我趕緊回答：「好的！但是由我來做東。」

「如您所願。」

於是，我們一起走出了展覽大廳，而就在大廈的門口便有一家餐廳，它的名字非常特別，叫做大富豪餐廳。

在入座之前，收藏鼠説：「不好意思，我先去洗一下手爪，我感到手爪上有些黏黏的……」

「我和您一起去，」我説，「我也覺得手爪上有些黏糊糊的……」

　　我們回到座位的時候，史奎克已經開始點菜了：「我看這樣吧，伙計，我要 1.香蕉拼盤、2.香蕉火鍋、3.油炸香蕉、4.香蕉糊、5.香蕉乳酪片、6.薄荷香蕉味巧克力、7.香蕉忌廉泡芙、8.香蕉糖果冰淇淋、9.香蕉果汁杯和 10.香蕉葉片茶。就先點這些吧，拜託你快點上菜，謝謝！」

開動了，祝大家好胃口！

我好餓啊！

「看來你朋友的**胃口**不錯啊！」收藏鼠看着我說。

潘朵拉和班哲文也附和**笑着**，可憐只有我有些慚愧地直冒冷汗……我看過菜單上的價格了，難怪這個地方叫「**大富豪餐廳**」，因為只有大富豪才敢進來消費啊！

最後，結賬時這用餐費的金額簡直就是一個**天文數字**，不過所有鼠都吃得非常滿足，對我來說，如果大家高興，那麼我也滿意了。

當天下午，會場內將會舉辦**乳酪收藏家展覽會**的開幕儀式，於是我們回到了展覽大廳，在路上我無意中聽見兩個參展者的對話：「我覺得自己的右手爪**黏糊糊的**。」

「我也是！是不是我們碰到了什麼東西？」

「我也不知道啊……」

　　他們的話讓我陷入了**沉思**。班哲文似乎是明白了什麼，對我說：「謝利連摩叔叔，我想我能夠猜到他們碰到了什麼……」

線索4：
參展者們的右手爪到底碰到了什麼？

到底是不是她？

我們和所有的參展者一起來到**會議廳**。

潘朵拉和班哲文就坐在我的身邊，而史奎克又不知道跑哪兒去了。希望他別再四處**闖禍**才好！坐在台上的眾鼠都是妙鼠大學**乳酪學**的資深專家。這時，弗洛麗塔·穆菲利斯

接過了**麥克風**，開始發表她的歡迎致辭。

「親愛的老鼠朋友們，我很高興能夠創辦這次展覽會！」

史奎克在我的身後悄悄對我說：「我覺得這可能不是她……當然如果仔細看的話，也有可能真的是她……」

「*快閉嘴，史奎克，*」我對他說，「我一個字也聽不見啦！」

「而且，如果你認真看的話，又不像是她，嘰嘰嘰⋯⋯」

「*你不要再說了！*」

「快，謝利連摩我的小老弟，先別抱怨！你用我的小望遠鏡看一下吧！」

「我也不知道⋯⋯」我將**焦距**對準之後說。班哲文在一邊對我低聲說：「確實，叔叔，我也覺得『**這個**』弗洛麗塔和今天上午的那個不一樣⋯⋯」

線索5：

這個弗洛麗塔‧穆菲利斯有什麼不同呢？

鼓掌後，你倆就睡覺吧！

可是，如果現在這個致辭的鼠是弗洛麗塔·穆菲利斯的話，那麼我們上午遇見的那個她又**是誰呢**？

我轉頭準備告訴史奎克，這次他的懷疑想法是正確的，但是他卻再次不見了蹤影！

這時，弗洛麗塔在全場的掌聲中繼續說：「我要感謝在座的所有鼠能夠出席這次展覽會！」（**掌聲響起**）啪啪 啪啪。

「另外，我還要特地感謝兩位特邀嘉賓：蘭希德·收藏鼠先生和謝利連摩·史提頓先生，兩位都是十八世紀乳酪的愛好收藏家！」

（場內再次響起的**掌聲**讓我害羞得臉紅

了！）啪 啪 啪！

「感謝展覽會的主辦方，以及我們的保安員。」

（第三次**掌聲！**）啪 啪 啪！

在保安員中，我看見雪莉的身影，她真是個有魅力的美女鼠啊！

我一失神的時候，便差點兒錯過了弗洛麗塔的下一句話：「最後，我們要感謝安布羅公司（A.M.B.R.O.），為這次展覽會免費提供大會使用的防盜系統！」

（第四次**掌聲！**）啪啪！

「現在，」弗洛麗塔最後說道，「我們有請斯巴波·德·斯圖菲斯教授來為我們發言，主題是『十二世紀麩皮的象徵意義』。有請……」

（沒有**掌聲！**）

德·斯圖菲斯教授開始演講，隨着他那沉悶的聲音，所有鼠在兩分鐘後一同沉睡去

第一屆乳酪收

了（也包括我自己！）。

過了一會兒，史奎克搖醒了我：「醒一醒，謝利連摩我的小老弟！似乎有些事情要發生，我感覺到了！**你看看演講台上面！**」

我望向演講台：事實上真的已經有事情發生了！

線索6：

演講台上發生了什麼事？

史提頓是個小偷！

　　我不得不再次承認史奎克·愛管閒事鼠說的沒錯，雪莉正偷偷地離開演講廳！真是奇怪！史奎克並沒有多說什麼，而是偷偷地上前跟着雪莉！

　　我起來動身**跟上**史奎克。

　　接着，班哲文和潘朵拉也起來**跟上**我。而蘭希德·收藏鼠看到大家奇怪的舉動，亦滿腹狐疑地**跟上**班哲文和潘朵拉。

　　沒多久，史奎克發現不見了雪莉的蹤影，而其他鼠也跟丟了！不知不覺中，我再次來到收藏鼠的**18號展覽攤位**。

只是 👓 **眨眼** 的功夫，我就馬上明白發生了什麼：那個陳列詹姆士·味王鼠珍貴乳酪的玻璃櫃已經……

空空如也了！

這時，史奎克突然出現，從我身後一下子撲到我的身上吼道：「**你這個小混蛋，這下被我抓住了，我看你還往哪裏跑，我……**」

當史奎克認出我之後，他吃驚地叫道：「謝利連摩我的小老弟？你怎麼變成一個小偷了？」

你這個小偷！

啊……

很快，蘭希德·收藏鼠出現在他的身後，看到我就站在玻璃櫃的旁邊，而玻璃櫃裏已經空無一物。

當收藏鼠聽到史奎克的話後，他向我**吼道**：「這樣説來剛才的根本就不是一場誤會了！你確實想要偷我的**乳酪**！史提頓，你這個小偷！

捉賊啊！

捉賊啊！」

掉入陷阱

　　一分鐘後，我第二次被保安員包圍，同時現場也聚集了不少乳酪收藏家，弗洛麗塔‧穆菲利斯走過來問我：「史提頓，請交代一下！你把收藏鼠的乳酪藏到哪裏去了？還有，快說到底你是怎樣盜取這塊乳酪而沒有觸發防盜警報的？」

你是個小偷！

請交代一下！

他是怎麼做到的？

「我……我不是小偷！」

「那為什麼你會一個鼠在這裏出現？」

「我一直是跟着我的朋友史奎克・愛管閒事鼠的，而他一直在跟蹤真正的**小偷**，至少我是這麼認為的……」

「也許是真正的小偷設下的陷阱陷害他！」

這時，其他收藏家馬上回到自己的展覽攤位**查看**乳酪珍藏，同樣已經全部都不見了！

「這裏是**11號展覽攤位**，他們偷走了我的戈比鼠主席的一對乳酪！」

「在**4**號展覽攤位他們偷走了那塊在電影《超鼠》中使用過的*塑膠*乳酪道具！」

原來，只有我的**17**號展覽攤位沒有丟失

任何東西……真奇怪啊！

「史提頓是一個**小偷！**」有鼠叫道。

「快把乳酪交還給我們，你這個**小偷！**」

「請大家冷靜一下，」弗洛麗塔最後說，「也許我們應該先報警！」

我的猛獁貓捲鬍子喲！我是被冤枉的，但是我現在沒辦法證明我的清白，這下完了，我肯定會被關進**監獄**的。

這下麻煩大了！

黑色手套和黑色太陽眼鏡

這時，我突然聽到一把熟悉的聲音說：「**冷靜，大家停一停！**事情並不是你們所想像的那樣！」

「**是真的！**」另一把我熟悉的聲音叫道，「啫喱叔叔不是一個小偷！」

我們有證據！

「班哲文，潘朵拉！」我激動地抱住兩個孩子，「你們跑去哪兒了？」

「我們去*跟蹤*真正的小偷了，叔叔！」

這時，弗洛麗塔打斷了我們的對話：「等一下！請問一下這兩個孩子又是誰？」

「這是我的姪子和他的好朋友，」我驕傲地說，「我相信他們一定能夠證明我是**清白**的！」

「那說給我們聽聽吧。」她回答說，「但是如果你們企圖狡辯的話可責任自負！」

班哲文開始解釋說：「今天上午我們來的時候，一個自稱叫弗洛麗塔·穆菲利斯的女鼠把**防盜系統**安裝在我們的玻璃櫃上，並教會我們怎樣使用這個系統，然而她是一個**冒牌貨**。」

假的弗洛麗塔將防盜系統安給了我們……

53

……並且在按鍵上噴了一些液體。

「我可從來沒做過這種事!」弗洛麗塔立刻反駁說。在場的所有鼠都吃驚地開始竊竊私語。潘朵拉繼續說:「我和班哲文當時就懷疑為什麼這個女鼠要在按鍵上噴一些液體並且戴着一副太陽眼鏡……」

「那你們發現原因了嗎?」一個收藏家問道。

「我們不僅僅找到了原因!」班哲文叫道,「在跟蹤的過程中,我們發現那個小偷在匆忙間拉下了她的太陽眼鏡。現在,請弗洛麗塔你戴上太陽眼鏡之後,看一看鍵盤!」

「我的一千塊莫澤雷勒乳酪啊!」弗洛麗塔驚歎道,「原來這樣就能夠看到鍵盤上的五個數字密碼了!」

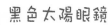

我的一千塊莫澤
雷勒乳酪啊！

潘朵拉補充說：「而且，還知道了數字的順序！印跡最深的是第一個，按照由**深**至**淺**順序排列！」

一個長著紅毛的收藏家說：「這麼說那個液體不是為了清除**指紋**，而是為了留下指紋！」

另一個非常高貴的老鼠補充說：「原來這就是為什麼我的手爪上一直是**黏黏的**原因啊！」

另一個年輕的收藏家問：「可是『那個』女鼠不是說鍵盤的按鍵能夠識別和**記錄**指紋嗎？」

　　班哲文回答道：「這只是那麼多**謊言**中的一個而已！事實上，她看到密碼之後，就特地使用黑色的**手套**來按鍵，那是為了不留下她的指紋！你們看，這就是！」

　　「還記得我對你說過些什麼嗎？謝利連摩我的小老弟？」史奎克向我展示了他那雙黃色的**手套**，「我早就猜到當中有古怪了！」

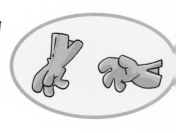

追捕盜賊！

随着真相逐漸呈現，我感到自己如同太陽底下的乳酪一般快要**融化**了：多虧了班哲文和潘朵拉，才能使我脫離**困境**！

弗洛麗塔‧穆菲利斯對我說：「看起來，史提頓先生，我們欠你一個道歉。我們錯怪你了！」

我的臉一下子**通紅**了（也許你們不記得，我是一個**害羞**的鼠！）

我們欠你一個道歉……

我趕忙回答說：「哦，不用這樣，沒關係的⋯⋯讓我們忘記這次誤會吧！」

弗洛麗塔‧穆菲利斯補充說：「現在我總算明白為什麼**安布羅公司**一直堅持要**免費**提供防盜系統給我們了！」

班哲文、潘朵拉和我面面相覷，那個名字怎麼那麼耳熟⋯⋯可是到底是什麼呢？

「史提頓先生**萬歲**！」有鼠叫道。

「還沒到歡呼的時候呢！」收藏鼠趕緊**抗議**道，「那個小偷早已經拿着我們的乳酪珍藏逃跑了！我那塊味王鼠紳士的珍貴乳酪就這樣再也找不回來了！」

「*嗚哇嗚哇嗚哇*！」史奎克叫道，「我聽到什麼了？你們張大耳朵聽清楚，那個可惡的小偷還在**這裏**！」

「你為什麼那麼確定？」收藏鼠問道。

「因為我的名字叫做史奎克·愛管閒事鼠，我是一個偉大的偵探，是吧，謝利連摩我的小老弟？」

也不等我回答，他便繼續說起來：「而且，剛才我假裝跟蹤那個女賊的時候，我偷偷地用上結實的鎖把這裏所有的出口鎖上了！那個傢伙應該還沒離開！」

突然，班哲文叫道：「我想起來了，謝利連摩叔叔！安布羅（A.M.B.R.O.）這是……」

線索7：

如果你仔細分析A.M.B.R.O.這個名字的話，你會得到哪個名字？

多麼有魅力的女鼠啊!

對了,如果仔細想一想的話,把**安布羅**——A.M.B.R.O. 這個名字的字母重新排列一下,就成了……OMBRA,那不就是瑪莎·**魅影鼠**的名字嘛!那傢伙是莎莉·尖刻鼠的表妹,是一個著名的大盜,以前就曾經讓我吃過苦頭!

正在這時,我感覺到有什麼東西掉在我的頭上:「**哎呀!**」

哎呀!

潘朵拉撿起了它,發現那是一枚中間有白色圓環的**黑色鈕扣**!

班哲文最先抬頭看去:「她在那裏!」

所有鼠都抬起頭:只見一個**金色頭髮**的美女鼠正沿着屋頂

爬向天窗。

「**她要逃跑了！**」弗洛麗塔叫道。

「快住手，魅影鼠小姐！」我對她大聲叫道，不過她回頭朝我笑了笑，並沒有停下。這時，從屋頂上傳來了**直升機**的轟鳴聲。

在混亂中我們聽到一聲大叫：「看我史奎克·愛管閒事鼠的！！！」

史奎克拿出一把黃色的**彈弓**，對準魅影鼠射出十來塊**香蕉**皮。魅影鼠正準備抓住**繩子**爬上直升機的時候，一腳踩在**香蕉皮**上，她身上的袋子掉了下來！

「小心啊，小姐！」我叫道。

不過，她十分靈活地一把抓住了繩子，最終成功爬上了直升機。

「**我那一千根小香蕉呀！**」史奎克凌空接住了掉下來的袋子，驚呼道。

他立刻打開了袋子，發現所有失竊的**乳酪**珍藏都在裏面！

而魅影鼠則已經成功登上了直升機，她恨恨地歎了口氣，然後對着我笑了笑，用手爪向我做了個**飛吻**的動作……

真是一個有魅力的女鼠啊！

總算是不幸之中的萬幸！我們成功找回了所有的乳酪珍藏，而展覽會也得以順利舉行。最後，所有鼠都參加了盛大的閉幕宴會，真是一場盛大的活動啊！

快來測試一下，你是不是一個 凸色的……偵探？

▶ **1** 到底潘朵拉看到什麼奇怪的東西呢？*雪莉的襯衫袖口上掛着一枚扣子。*

▶ **2** 你認為潘朵拉和班哲文為什麼會起疑心呢？*因為弗洛麗塔不合理地在室內戴着太陽眼鏡，而且她在鍵盤上噴上液體之後也不把它擦乾。*

▶ **3** 你認為潘朵拉注意到什麼東西？*弗洛麗塔‧穆菲利斯的襯衫袖口上也掛着一枚和雪莉一樣的扣子。*

▶ **4** 參展者們的右手爪到底碰到了什麼？*他們碰到弗洛麗塔在鍵盤上噴上的液體。*

▶ **5** 這個弗洛麗塔‧穆菲利斯有什麼不同呢？*這個弗洛麗塔的襯衫領子是藍色的圓領，而之前那個的領子是尖領（請對照第26頁和第41頁的圖片）。*

▶ **6** 演講台上發生了什麼事？*雪莉正在悄悄地從會場離開（可以參考第43頁和44頁）。*

▶ **7** 如果你仔細分析A.M.B.R.O.這個名字的話，你會得到哪個名字？*OMBRA 魅影鼠！*

你答對了多少道題目呢？

全部7題：
你是一個超級神探！

少於3題：
你是一個普通偵探，
不過只要多加鍛煉，你也一樣可以成為一個神探！

3-6題：
你是一個非常出色的偵探，
但是可以變得更厲害！

親愛的鼠迷朋友們，

在這個「乳酪珍寶失竊案」中，你們都找到線索並且解答出來了嗎？全部答對了，是嗎？看來你們都是超級神探啊，這樣的話，在老鼠島上還有許多事件讓你們發揮才能，幫忙偵查呢！事實上，幾個月後，妙鼠城裏就發生了一件非常奇怪的失竊案……當然我得先暫時保密！

你們是否也很想參與這次新的冒險之旅呢？快來跟我一起尋找線索，突破重重迷霧，找出事情的真相吧！

謝利連摩・史提頓

老鼠記者 Geronimo Stilton

郵輪上的失竊案

謝利連摩·史提頓
Geronimo Stilton

史奎克・愛管閒事鼠

「史奎克偵探社」的創辦者，
謝利連摩的朋友

朗拿度・沉悶鼠

豪華郵輪「格魯耶號」的船長

莉莉・德・麗兒

「格魯耶號」郵輪旅客

佛蘭明高・德・托普西斯伯爵

「格魯耶號」郵輪旅客

一把電動剃鬚刀

我在這艘郵輪上幹什麼？我自己也想知道，事實上我感到有點暈船……

為什麼我會乘船出海的呢？

因為我的電動剃鬚刀壞掉了！

是的，事情是這樣的：有一天早上，我啟動了我的**電動剃鬚刀**，和往常一樣，想要

嘔嘔！

修剪我的鬍鬚，而它竟然在我的手爪上**爆炸**了，害得我身上有不少毛髮被燒焦了。我可不能就這個樣子去《鼠民公報》辦公室呢！

於是，我**跑**到離家最近的電器商店，希望能買一把新的電動剃鬚刀。我跟售貨員

說：「我想要一把電動**剃鬚刀**……」

「**你來得正是時候呢！**」對方充滿活力地回答說，「你真是非常幸運，我們本周正在舉辦**超級**打折促銷活動！」

呀！

接着，他取出了十來款擁有多功能的剃鬚刀產品：「你喜歡這款剃鬚刀嗎？它能夠

非常好！

讓你在剃鬚的同時播放你喜愛的音樂，而且，如果你現在購買的話，我們還會送你一雙會發光的拖鞋作為贈品！」

「可是，我只想要一把普通的電動剃鬚刀……」

「正好！你看這款產品：雙層鑽石刀頭，內含鑽石刀片閃閃發光，即使在夜間也能夠輕易看到它！」

「這東西一定很貴吧……」

「確實如此！不過，沒有問題！我這裏有你要的產品，請看這款塑膠「刮得光」剃鬚刀，刀片和主體全部都是塑膠造的，另外還附贈一套60個鼠用的餐具，以及一張『加勒比海郵輪旅遊』的抽獎券！」

「就要這個吧！」我回答說，「反正我**肯定**不會中獎的！」

　　大約兩周之後，我收到了一封掛號信：

恭喜您！

閣下成功贏取了由「刮得光」公司送出的加勒比海郵輪旅遊大獎，是次活動設有4個得獎名額。

另外，我們還會贈送您一套60個鼠用的餐具！

　　雖然，我會暈船……但是，我突然想到了一個**主意**！我可以帶上班哲文、潘朵拉和妹妹菲，一起去度過一個美好的假期！

準備登船！

那天**春光明媚**，我們來到了妙鼠城的港口，準備登上這一般大型豪華郵輪——格魯耶號！

一個穿水手服的鼠在岸邊迎接我們說：

「你們一定就是『**刮得光**』大獎的得獎者吧。我是這裏的船長朗拿度·沉悶鼠，歡迎你們。」

我問道：「對不起，船長，請問船上有多少艘**救生艇**？」

他有些不快地看着我回答說：「先生，難道您覺得**格魯耶號**不夠安全？」

「史提頓，我叫**謝利連摩·史提頓**。不，不，我只是自己求個**安心**罷了……」

「我們船上的救生艇和救生衣足夠所有乘客使用，請您**放心**，並好好享受這次旅行！」

聽過船長的回答後，我終於**放心下來**，這同時也是因為我早已在行李箱裏帶上**4**個救生圈，凡事還是小心一點比較好！

一位意想不到的旅客

　　我們的房間都是位於Ａ層，也就是最上一層。我在房間裏，發現牀上放着一個**黃色**的大包裹，上面寫着：「如遇沉船事故，請使用！」

　　真奇怪，這筆跡怎麼看上去有些眼熟呢。我打開盒子，裏面放着一件黃色的救生衣和一頂黃色的帽子，這**太奇怪了**。

　　這一頂帽子，我看上去也有些熟悉的感覺，但就是想不起來是誰的……裏面還有一張紙條，上面寫着：「充氣時，請勿着急，不然的話它會**炸開**！」

　　「也許，」我心想，「最好試試把它充氣看看。」於是，我開始向救生衣裏面**吹氣**，這時，我聽到了一陣歌聲傳來：「很久以前，有一個小水手……」可是船艙裏並沒有其他鼠啊！**這是怎麼一回事？**

　　我繼續吹氣，而那陣歌聲再次響起來：「很久以前，有一個小水手……」可是我一直都是一個鼠啊：**這太奇怪了！**

　　在我快要完成充氣的時候，這個聲音又一次唱道：「很久以前，有一個小水手……」

　　此刻，我聽到一聲爆炸聲：**砰！**是救生衣炸開了嗎？不對啊，它就在我的面前看

着我，戴着那一頂黃色的帽子，咧嘴亮着齙牙，幾根彎彎的鬍子**油光發亮**。接着，它在我眼前晃了晃手爪：「噓，謝利連摩我的小老弟！你喜歡我的這個小玩笑嗎？」

眼前的這個鼠正是我的朋友**史奎克·愛管閒事鼠**，他偽裝成了一件救生衣！

「你怎麼在這裏？」我問道。

「是啊，是啊，是啊，我正好也決定來一次海上之旅。我住在**B層**77號房間，對了，我看到你好像不是一個鼠啊……」

「你是説菲？」

「當然，你也知道，我最喜歡你的妹妹了……今天吃晚餐時，我可以坐在她的**旁邊**嗎？」我的妹妹菲是史奎克的致命弱點，不過她似乎完全不想知道這一點。

迷人的香水

　　晚餐的時間，宴會廳裏擠滿了很多鼠。我踏進了宴會廳，看到菲和孩子們在遠處的桌子旁向我微笑等待着我。

　　而史奎克比我們還要早來到，此刻他正在拿取食物。

　　我走向我們那一桌的時候，看見前面有一位女鼠的手提包掉在地上了。當我彎腰撿起袋子準備遞給她時，我聞到一陣香水味撲鼻而來！

　　我不禁側身去順勢尋找香水味的來源，卻不小心撞到身邊一位正端着一窩熱騰騰的湯

的侍應。

　　「看……看我笨手笨腳的！」我努力站起身來想將**手提包**還給那位女鼠，這時正好見到她那雙**藍色的**眼睛也在看着我！

　　我的一千塊莫澤雷勒乳酪呀，我激動得連鬍子都豎起來了，而且我的心裏有如**小鹿**亂撞！

　　她的聲音也如同音樂一般甜美：「不用擔

心，史提頓先生，我們都知道偉大的作家每天都是思緒萬千⋯⋯」

「這位小姐，你認識我？」我有些激動地問道。

「當然，怎麼會有鼠不認識像你這麼**有魅力**的老鼠呢？我叫莉莉・德・麗兒，是你的超級崇拜者！」

我非常紳士的**親吻**了一下她的手爪，然後目送她回到自己的桌子那兒。

莉莉・德・麗兒

大家來起舞吧！

　　我的心情激動得**無法平復**，根本沒有心情去吃東西。

　　班哲文問我：「謝利連摩叔叔，你今天不舒服嗎？」

　　「你是不是暈船了？」潘朵拉問道。

　　「也許是某個鼠讓你失神了？」我的妹妹菲説道。

　　「振作些，謝利連摩我的小老弟！」史奎克大聲地説，「你快來嘗嘗這個香蕉味甜品啊！我已經**吃掉**十幾片啦！」

　　這時，船長站了起來致辭説：「女士們、先生們！我代表所有的船員祝願你們能夠在

格魯耶號上度過一段難忘的時光！」

隨即，晚宴開始了，按照傳統，奏起了華爾茲音樂，大家開始**翩翩起舞**。一位**衣着光鮮**的年輕鼠來到我們的桌子邊說：「我是**佛蘭明高・德・托普西斯伯爵**，希望能夠邀請這位小姐一起跳一支舞！」

菲很樂意地接受了邀請，而史奎克當然非常生氣，他說：「如果讓我再碰到他的話，我決不會讓他全身而退！」

接着，莉莉小姐也來到我們的桌子：「史提頓先生，你願意和我**共舞**一曲嗎？」

「呃……當然……確實……嗯……我很樂
意！」

當我開始和她跳舞的時候，突然一位女鼠
慌張地衝進了宴會廳，大叫：「捉賊啊！捉
賊啊！

我所有的
珠寶都被偷了！」

一個隱形的小偷

那位女鼠名字叫馮‧托彭史尼茲，是一位女伯爵，當她回到**A層**房間的時候，發現房裏的舷窗被打開了，而她放在首飾盒裏的**珠寶**也不翼而飛了！

船長詢問了所有的旅客，但是當時只有**幾位**年邁的鼠選擇留在房間裏早點休息。

莉莉對我說：「幸好我們一直在一起，史提頓先生，不然的話他們也會**懷疑**我們呢！」

「請你放心，莉莉小姐，有我在，你不會有**危險**的。」

「史提頓先生，你實在是太**勇敢**了，只要在你身邊我就非常有安全感。」

「如果可以的話，請讓我送你回房間吧，你住在哪一層？**A** 還是 **B**？」

「我住在 **B** 層，這實在太麻煩你了……」

「我的榮幸！」我說道。

我們一來到她的房間時，莉莉很快就**鑽**了進去，並且立刻關上門，還差點碰到我的鼻子……

說實話，我當時有些**吃驚**，就在開門的那一瞬間，我注意到房間裏似乎有些**奇怪**的地方……

線索 1：
請參考第84頁的插圖，你看到在莉莉的房間裏有什麼奇怪的地方嗎？

一位神秘的旅客

　　我回到Ａ層，但是腦子裏始終無法拂去在莉莉房間裏看到的那個奇怪**影子**的畫面，然後我跟史奎克、菲和孩子們會合了。

　　「*謝利連摩叔叔*，我們一直在找你呢！」

　　「找我？有什麼事嗎？」

　　史奎克對我說：「豎起你的耳朵好好聽着，這裏發生的盜竊案我已經察覺到有**古怪**之處。」

　　菲繼續說：「我們想要去看一下伯爵夫人的**房間**……」

伯爵夫人非常高興地接待我們，她取出了那個空的首飾盒，並向我們指出小偷進入的**舷窗**。史奎克取出一把**軟尺**：「這裏的寬度只有**30**厘米！那個小偷一定很瘦小啊……也許是一個小孩子！」我回答說：「在船上，除了班哲文和潘朵拉外，就沒有別的孩子了，但是他倆在事發時正和我們一起在宴會廳裏。」

　　不，這個**小偷**一定是船上的乘客……

　　「難道是個偷渡客？」伯爵夫人問。我回答說：「也有可能是一個**神秘**的乘客……」

我來量一量……

史奎克說：「我最喜歡神秘的小東西了，謝利連摩我的小老弟！這讓我興奮得起疙瘩從頭一直爬到尾巴！」

菲從**舷窗**望出去：「嘿，你們看，這裏還有一根繩子一直吊下去呢！小偷一定是通過這根繩子從**A層**爬到**B層**的。」

「**這裏，啫喱叔叔！**」突然，潘朵拉也喊了起來，「你快看地上好像有東西！是**藍色的**隱形眼鏡！」

我問道：「伯爵夫人，這是您的嗎？」

「不，我從來不戴隱形眼鏡的！」她說。

班哲文最後總結道：「對於這個**小偷**，我們總算開始有些頭緒了……」

線索2：

對於這個神秘的小偷，我們現在知道了些什麼呢？

我是醒着還是在做夢？

　　第二天早上，我來到酒吧吃早餐，碰巧再次遇到了莉莉小姐，她戴着一副太陽眼鏡。

　　「早安，莉莉小姐！」

　　「早安，史提頓先生！」

　　「你昨晚休息得好嗎？」

　　「是的，非常好！我喜歡郵輪上的生活！我現在準備去曬一會兒太陽！」

吃過早餐之後，我準備回去 房間 ，在通道上我再次遇到莉莉小姐！

「我，我以為你去曬太陽了呢……」

「現在還太早，史提頓先生，而且我得先去吃早餐。」

我大吃一驚！

也許，我應該出去呼吸一下新鮮空氣。於是，我來到甲板上散散步，希望能夠減輕一些我暈船的症狀，同時能夠享受一下郵輪上的愜意。

這時，我突然再次看見莉莉小姐正在這裏享受着曬太陽！

「史提頓先生！」她對我說，「今天的跳水比賽我會來為你打氣哦。你的朋友史奎克·愛管閒事鼠告訴我，你已經報名了，請你一定要贏得比賽啊！」

我站在那裏像個傻瓜一樣，一句話也說不出來。這一切實在是太奇怪了……

我在和莉莉小姐打過招呼之後趕緊來到B層找史奎克·愛管閒事鼠。

這時，我又再次遇見莉莉小姐！

「我們又見面了，史提頓先生！」

我們又見面了！

④

　　然後，她很快就和我道別了：「我去曬一會兒太陽！」

　　説實話，我已經完全被弄糊塗了，這一切實在**太奇怪了**……

　　最後，當我終於找到史奎克，想把這些事情告訴他的時候，他卻不由分説地先將我拉到餐廳，讓我吃了一頓**豐盛的**午餐，然後帶我到房間，給我送上一條泳褲來參加跳水比賽。可是，這條泳褲實在是……我一定會被大家嘲笑的！唉！

線索3：

謝利連摩・史提頓聽到和看到了什麼奇怪的事情？

跳水比賽

郵輪上的**泳池**周圍很快聚集了許多旅客，他們都正在為跳水比賽忙碌着。船長通過擴音器廣播說：

「女士們，先生們，歡迎大家光臨我們的『郵輪跳水比賽』！」

我站在泳池旁邊害怕得瑟瑟發抖，史奎克走過來囑咐我，說：「謝利連摩我的小老弟，你一會兒站在跳板上的時候千萬別往下看！你就把自己想像成第一次嘗試展翅高飛的雛鳥，然後勇敢一躍！**明白了嗎？**」

幸好，在旅客羣中我認出了班哲文、潘朵拉和菲，他們在德·托普西斯伯爵的陪伴下不

停為我**加油**！

　　最後，我見到了莉莉小姐，她向着我用手爪做了一個**飛吻**的姿勢！

　　比賽開始了！

　　史奎克對我說：「記住，謝利連摩我的小老弟，千萬別**向下看**！」

　　我按照他的說法去做了，但是我萬萬沒有想到這傢伙居然在跳板上放了一塊**香蕉皮**，

只為了讓我能夠在還來不及思考的情況下跳下去!

　　我滑倒之後即被跳板彈起來,在空中做了三次空翻,最後以鼻子先入水,完成了一次完美的表演!

　　當我浮出水面的時候,所有鼠都在大力鼓掌!

我獲勝了!

哈哈哈!

救命啊~!

奇怪的細節

在頒獎儀式上，我顯得非常激動。史奎克·愛管閒事鼠握住我的手爪，不停地說：「看到了嗎，謝利連摩我的小老弟！只要你按照我的建議去做，就能夠克服任何困難！」

我問道：「你確定你不知道香蕉皮的事情？」

「對不起，你為什麼一定要在意這些小事呢？你最後獲得了優勝，不是嗎？」

班哲文和潘朵拉跑過來擁抱我，還有菲和德·托普西斯伯爵也一起到來向我祝賀。

「今晚我希望能夠邀請你們所有鼠，」伯爵先生說，「我們一定要好好慶祝一下這個

偉大的勝利！史提頓先生，你也可以把你的好朋友莉莉小姐一起帶來！」

「這實在是太榮幸了！」莉莉突然在我的身邊說，「史提頓先生，你今天的表現實在太出色了，沒想到你是一個出色的**運動員**呢！」她將太陽眼鏡稍稍放下一些，朝着我眨了眨眼睛：「那就今晚見啦！」

說完，她風騷地離開，我被她那雙如同**綠寶石般的眼睛迷得簡直要靈魂出竅了！**

綠色的眼睛？可是，莉莉的眼睛難道不是藍色的嗎⋯⋯**真奇怪啊**！

不過，我的思緒很快就被史奎克打斷了：「我們的謝利連摩這次看來是墮入愛河啦！」

「我們大家遲早都會找到自己的**心靈伴侶**的！」德·托普西斯伯爵一邊看着菲，一邊感歎道。

　　接着，他繼續説：「我得失陪一下，我答應過菲小姐要給她看一件非常珍貴的東西，請原諒我……」

　　「**啊，這就是愛情！**」我心想。

　　這時，班哲文拉了拉我的袖子，然後他的話把我拉回現實：「謝利連摩叔叔，難道你沒有注意到莉莉小姐有些**不一樣**了嗎？」

　　「你説得沒錯，班哲文，她身上的某些細節確實有些**奇怪**……」

線索4：
你知道班哲文和謝利連摩提及到莉莉小姐不同的地方到底是指什麼嗎？

晚宴

晚餐時分，我們所有鼠都坐在伯爵先生的桌子邊，侍應們已經開始上菜。但是，我旁邊的座位上仍然空着，莉莉·德·麗兒還**沒有到來**……

很抱歉，我遲到了！

　　當我見到她出現的那一刻，我的鬍子激動得**翹了起來**，她就像是一位有着**藍色眼睛**的公主一樣！

　　「真奇怪……」我心想，「難道是那天下午在陽光的照射下讓她的眼睛看上去像是**綠色的**？」

　　她～微笑～着説：「大家晚上好！很抱歉，我遲到了，今天下午我感到有些不舒服……」

　　我説：「希望你沒有什麼大礙……」

　　「只是有些**暈船**，説實話我不是特別喜歡郵輪……」

暈船？

我有些想不明白……

正當我想問她的時候，坐在一旁的史奎克在往蝦上擠檸檬汁的時候，卻將檸檬汁濺向我的眼睛！**1**

然後，他又將**滾燙的**蘆筍忌廉湯倒到我的手爪上！**2**

在享用甜品的時候，他的手肘不小心碰到我的叉子，將一塊堆滿**忌廉**的蛋糕彈到我的鼻子上！**3**

我簡直
受夠啦！

　　幸好，這時德‧托普西斯伯爵拯救了我：「要不我們大家一起到甲板上去欣賞一下夜晚的星空？」

　　「哦，當然好啦，」莉莉回答說，「這實在是**太浪漫了！**」

　　「我先回房間去拿一下東西之後，馬上就會和你們會合！」伯爵先生說。

　　在甲板上，夜空非常清澈美麗！我沉醉於莉莉身上所散發出的迷人香水味之中。

　　但是，我的心裏仍然有着一個不解之謎：總覺得她剛才的話語之中有什麼很奇怪的地方……

線索5： ◄－－－－－－┐

　　莉莉的話語中有什麼奇怪的地方？

又一次失竊事件

突然之間，在大廳裏傳來了伯爵先生的叫聲：「**捉賊啊！有小偷偷走了我的東西！**」

我們立刻回到船艙裏，只見他衝向我們，然後指着菲說：「就是她！她是唯一一個鼠看見過我所收藏的金錶！」

菲看着他的眼睛問：「你的意思是，我是小偷嗎？」

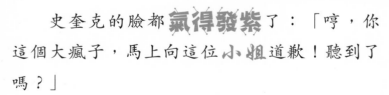

史奎克的臉都氣得發紫了：「哼，你這個大瘋子，馬上向這位小姐道歉！聽到了嗎？」

　　「我相信你，才會給你看我的寶貝，但是沒想到你竟然會偷走它！而且，我直到剛才仍想要把它拿出來給你看……」

　　這時，船長走了過來：「冷靜些，先生們，請告訴我到底發生了什麼事……」

　　我把事情的經過告訴了船長一遍，並且強調菲一直都和我們在一起。

　　他說：「我們檢查一下所有的房間，我朗拿度·沉悶鼠保證一定要抓住竊賊，嚴懲不貸！」

冷靜些，先生們！

同樣，菲也在一旁說：「我**菲·史提頓**也保證一定會在這次航程結束之前，解開盜竊案的謎底！」

我又一次護送莉莉小姐回到她的房間。她感謝我說：「哦，史提頓先生，**幸好**有你一直都在我的身邊……」

而我再次吻了吻她的手爪：「沒有鼠會懷疑像你這樣美麗……哦，我是說誠實的小姐！**晚安！**」

我回到了自己的房間，躺在牀上。

不一會兒，有鼠來敲門。

我問道：「是哪位？」

一把再熟悉不過的聲音回答說：

「**咕咕咕咕咕咕！**」

一隻眼睛綠色，一隻眼睛藍色

我打開房門問：「你來這裏做什麼，史奎克・愛管閒事鼠？」

「**我在這裏做什麼？**應該是你在這裏做什麼啊！一個真正的紳士怎麼能夠在如此多事的夜晚不將自己愛慕的鼠送回 房間 呢？」

「我就是這樣做啊！在一分鐘之前，我才剛和莉莉小姐道別……」

「什麼？我剛將莉莉小姐送到她的房間門口呀！難道發生了什麼奇跡？咕嘰嘰！」

「你到底在說些什麼呀？」

「她不小心從Ａ層跌出了欄杆外，幸好她及時抓住了一根繩子，我才得以趕過來把她救下來……」

「你**確定嗎？**」

「我肯定，確定！她告訴我說，由於天色太黑的緣故，她滑了一跤，差點兒掉進海裏……」

「你**真的確定嗎？**」

「我肯定，**真的確定！**我還幫她找回了她那個沉甸甸的背包呢！」

「你真的非常確定是她嗎？」

「我肯定真的非常確定！而且，我還注意到她的雙眼是一隻**綠色**和一隻**藍色**的。」

集體調查

我根本無法**相信**史奎克所說的話！因為我很清楚記得她的雙眼有着如同**海洋**一般的**藍色**！

突然，我想起來今天下午在頒獎典禮上的時候，她的雙眼如同**綠寶石**一般是**綠色**的！

「跟我來，愛管閒事鼠，我們去找菲和孩子們一起討論一下這件事情！」

「好主意，謝利連摩我的小老弟！」

於是，我們大家在菲的房間裏**集合**。

班哲文對我說：「謝利連摩叔叔，剛才當

德·托普西斯伯爵在和船長説話的時候，我們到了他的房間調查。我們找到一根和伯爵夫人房間裏那根一樣的繩子，綁在甲板的欄杆上……」

「……我們還找到一片藍色的隱形眼鏡！」潘朵拉補充説。

「我的一千塊莫澤雷勒乳酪呀！」我大叫起來，「也許，我也應該告訴你們一件事情……」

線索6：

你知道謝利連摩想要告訴大家什麼事情嗎？

誘餌

當我説出了我的懷疑之後，史奎克對我説：「我有一個小主意，但是需要你配合我。」

於是，他向我解釋了一下他的**計劃**……

第二天，我邀請莉莉·德·麗兒一起共進**午餐**：「莉莉小姐，你知道我一直都喜歡

莉莉小姐……

收集十八世紀的乳酪
嗎？」

「是嗎？史提頓先生？」

「我從不說謊！」我回答說，「其實我的收藏品中最珍貴的那一塊乳酪我一直都帶在身邊。」

「在發生了那麼多宗盜竊事件之後，希望你的乳酪已經被轉移到安全的地方……」

「沒有小偷能夠想到我把它藏在什麼地方……」

「到底在什麼地方呢？你能告訴我嗎？」

我把位置告訴了她，同時我在她那雙藍色的眼睛裏看到一絲令鼠不安的光芒……

陷阱

當天**晚上**，船上所有的旅客都聚集在大廳裏，因為船長先生有一個重大的**驚喜**要宣布：「有一位旅客決定拿出一件寶物拍賣，並且將拍賣的收入全部捐贈給老鼠島的貧困居民！」

「多麼**慷慨**的鼠啊！你知道是誰嗎？」莉莉在我身邊問道。

「**嗯⋯⋯⋯那就是我！**」

「是你？你拿出了什麼東西來拍賣？」

「你還記得我午飯時和你提到的那塊十八世紀的乳酪嗎⋯⋯」

莉莉小姐一下子變得臉色蒼白：「可是，你不是説那塊乳酪在你的房間嗎？」

她突然起身準備離開。

「你去哪裏？」我問她。

「我得回一趟房間，實在很抱歉，事情非常緊急⋯⋯」

話音未落，班哲文、潘朵拉、菲和史奎克·愛管閒事鼠一起走進了大廳，跟隨他們一起進來的還有一位女鼠⋯⋯

真相大白

莉莉·德·麗兒？

「**怎麼可能！** 莉莉小姐就在我的身邊！」

我再仔細一看，那位莉莉小姐長有一雙**綠色的**眼睛！

船長問道：「這意味着什麼呢？」

菲回答說：「這意味着我們抓住了這個真正的小偷，不，應該說是兩個小偷！」

同時，她**指向**在我身邊已經~~昏過去~~的莉莉小姐。

於是，菲解釋了整件事情的來龍去脈：「莉莉·德·麗兒事實上是一對**孿生姐妹**，

我們找到小偷了

除了眼睛瞳孔的顏色外，她倆長得一模一樣。而她們使用彩色的 隱 形 眼 鏡 就解決了這個差異！事實上，她們倆的真正名字叫做 **維拉·格拉迪尼斯**和**莎拉·格拉迪尼斯。**

維拉·
格拉迪尼斯

莎拉·
格拉迪尼斯

維拉以一個普通旅客的身分登上了郵輪，而莎拉則偷偷潛入了郵輪。

白天的時候，她們穿着同款的衣服，

並且同時在不同的地方出現，物色各種**富有**鼠獵物。

而到了晚上，她們中的一個就會在**沒有鼠**的通道裏流連，伺機潛入盜竊目標的房間，而另一個則會陪伴在某位旅客的身邊，以製造不在場證明。在這次**旅途**中，她們選擇

了一個特定的旅客目標，也就是我的哥哥……
謝利連摩·史提頓！」

　　所有鼠的目光一致地**聚焦**在我的身上，讓我感到自己就快要昏過去了。菲繼續說：「但是，她身上的一些細節讓我們產生了懷疑，於是我們給**小偷**設下了一個陷阱，使她相信我哥哥在房間的牀底下藏着一塊十八世紀的珍貴乳酪。當她抬起牀墊的時候，史奎克就從藏身之處衝出來，並**捉住**了她！」

一位真正的紳士鼠

船長要求**格拉迪尼斯姐妹**交出她們之前偷去的所有寶物。

隨後，他把這對姐妹**鎖在**她們的房間裏，打算一到港口就把她們交給警察處理。

第一個走過來向菲道歉的就是德·托普西斯伯爵，為了獲得**原諒**，他將失而復得的那隻金錶贈送給菲。

然後，作為一名真正的**紳士鼠**，他拿出另一隻非常珍貴的**金錶**進行拍賣。

而其他富有的旅客們也爭相仿效，最終使得這次慈善拍賣進行得**非常成功**，而當初

我們組織拍賣活動的目的只是為了**抓住**小偷而已！

「到最後，」我心想，

「塞翁失馬，焉知非福呢！」

看看你是不是一個出色的……偵探？

▶ **1** 請參考第84頁的插圖，你看到在莉莉的房間裏有什麼奇怪的地方嗎？ *牆上有另一個鼠的影子。*

▶ **2** 對於這個神秘的小偷，我們現在知道了些什麼呢？ *他/她佩戴隱形眼鏡。*

▶ **3** 謝利連摩·史提頓聽到和看到了什麼奇怪的事情？ *他注意到莉莉幾乎是同時出現在不同的地方，而且說話自相矛盾。*

▶ **4** 你知道班哲文和謝利連摩提及到莉莉小姐不同的地方到底是指什麼嗎？ *這次莉莉的雙眼是綠色的，而非藍色的。*

▶ **5** 莉莉的話語中有什麼奇怪的地方？ *莉莉說她會暈船，而就在早上的時候她又說自己喜歡郵輪上的生活。*

▶ **6** 你知道謝利連摩想要告訴大家什麼事情嗎？ *在房間裏，他們找到的藍色隱形眼鏡，能夠解釋為什麼莉莉的雙眼有着不同的顏色。這同時也說明了莉莉就是潛入馮·托彭史尼茲女伯爵和德·托普西斯伯爵房間的真正盜賊。*

你答對了多少道題目呢？

全部6題：
你是一個超級神探！

少於2題：
你是一個普通偵探，
不過只要多加鍛煉，你也一樣可以成為一個神探！

2-5題：
你是一個非常出色的偵探，
但是可以變得更厲害！

妙鼠城

《鼠民公報》大樓

1. 正門
2. 印刷部（印刷圖書和報紙的地方）
3. 會計部
4. 編輯部（編輯、美術設計和繪圖人員工作的地方）
5. 謝利連摩·史提頓的辦公室

老鼠記者

親愛的鼠迷朋友，
　　　　下次再見！

謝利連摩・史提頓

Geronimo Stilton